Don Quijote de la Mancha

Miguel de Cervantes
Saavedra

Editores Mexicanos Unidos, S. A.

Colección
Tus clásicos

D. R. © Editores Mexicanos Unidos, S. A.
Luis González Obregón 5, Col. Centro.
Cuauhtémoc, 06020, Ciudad de México.
Tels. 55 21 88 70 al 74
Fax: 55 12 85 16
editmusa@prodigy.net.mx
www.editoresmexicanosunidos.com

Coordinación editorial: Mabel Laclau Miró
Ilustraciones: Verena Selene Rodriguez Saavedra
Versión abreviada e introducción: Rolo Diez
Formación y corrección: equipo de producción de
Editores Mexicanos Unidos, S. A.

Miembro de la Cámara Nacional
de la Industria Editorial. Reg. Núm. 115.

1a. edición 2018

ISBN (título)   978-607-14-2781-6
ISBN (serie)   978-607-14-2774-8

Impreso en México
Printed in Mexico

Índice

Introducción

Este libro que tienes en las manos cuenta las aventuras del ingenioso hidalgo don Quijote de la Mancha, quien salió hace muchos años por los caminos de España, acompañado por su fiel escudero, Sancho Panza, decidido a hacer el bien y defender la justicia en cualquier lugar donde hiciera falta.

Esta es una historia muy especial, que debe tomarse en serio y, al mismo tiempo, divertirse con ella. Dicen que don Quijote se había vuelto loco de tanto leer aventuras de caballeros andantes, y que por eso hacía muchas cosas disparatadas y cómicas, las cuales han hecho reír a tanta gente en el mundo entero.

Eso es muy cierto, pero también hay que ver la nobleza de ese caballero y su decisión constante de intervenir, aun jugándose la vida, para defender cualquier causa justa que se cruzara en su camino.

Por eso el Quijote ha quedado en la historia de los libros y de la gente como el mejor ejemplo de la generosidad y el heroísmo, que mucha falta hacen en el mundo y que todos los seres humanos respetan porque habla de algo de lo bueno que todos llevamos en un lugar del corazón.

Y por eso, en todo el mundo se ha leído la historia de don Quijote y Sancho Panza, y se la estima como a uno de los mejores libros que se han escrito en cualquier tiempo. Te invitamos a conocerla, seguro te divertirás mucho y reirás a carcajadas, y también estamos seguros de que te hará pensar en ese maravilloso loco que fue don Quijote.

Don Quijote de la Mancha

En un lugar de la Mancha de cuyo nombre no quiero acordarme, vivía un hombre de los que llevan lanza y escudo, con un caballo muy flaco y un perro corredor. Lo acompañaba una señora, que era su ama de llaves, una sobrina que aún no cumplía veinte años y un mozo que era su ayudante.

El hombre tenía unos cincuenta años, era muy delgado, madrugador y le gustaba salir de cacería. Se llamaba Alonso Quijano.

Cuando Alonso Quijano no tenía nada que hacer, y eso era la mayor parte del tiempo, lo que más le gustaba era leer libros sobre caballeros andantes, de esos que salían a correr aventuras montados en sus caballos, hacían el bien por donde iban y buscaban una dama para adorarla y ponerse a su servicio.

Tanto le gustaban los libros de caballería, que descuidó sus negocios y hasta dejó de cazar. También vendió algunas de sus tierras para comprar más libros, y así se pasaba los

días y buena parte de las noches, leyendo. Con el cura del lugar y el barbero Nicolás, comentaba las historias de caballeros que leía. Así fue que, de tanto leer y poco dormir, empezó a imaginarse que todo lo que leía era real, que los caballeros andaban por ahí cerca de él y que también él podría ser uno de ellos. Con la cabeza llena de fantasías, decidió hacerse caballero andante y salir por el mundo a buscar aventuras.

Buscó unas armas viejas, que habían sido de un abuelo o bisabuelo, y las limpió porque estaban oxidadas por falta de uso. Fue a ver a

su caballo flaco y le pareció que era un hermoso animal, digno de un caballero. Le eligió un nombre que le gustaba y lo llamó Rocinante.

Como él se llamaba Quijano, pensó que mejor nombre sería Quijote, y mejor todavía sería don Quijote, y para hacerle honor a su tierra se puso don Quijote de la Mancha. Le faltaba una dama de quien enamorarse y dedicarle las hazañas que pensaba cumplir; eso era muy importante porque en todos los libros que leyó, los caballeros servían a una dama.

En el pueblo vecino del Toboso, había una campesina llamada Aldonza Lorenzo, y a don Quijote se le ocurrió que Aldonza sería una señora tan importante como una princesa, y que ella sería su dama. Enseguida inventó que se llamaría Dulcinea del Toboso.

Primera salida

Una mañana de calor, don Quijote se puso la armadura de sus abuelos, que traía un casco que le cubría la cabeza. Tomó su lanza, su espada; montó en Rocinante y salió al mundo a vivir como un caballero.

Faltaba que alguien lo nombrara como tal, pues era la costumbre en los libros leídos. Todo el día anduvo sobre Rocinante y al anochecer los dos estaban cansados y hambrientos. Halló una posada con dos muchachas en la puerta. Don Quijote pensó que era un castillo, así que le encargó su caballo al posadero, que era el dueño. Este y las muchachas le sirvieron pescado mal cocido y pan duro; pero don Quijote agradeció esos "manjares exquisitos". Como no le pudieron sacar el casco, las muchachas le daban la comida en la boca y el posadero le daba vino con un popote.

Don Quijote pidió que el "dueño del castillo" lo armara caballero, y como el posadero lo veía muy loco, aceptó. En los libros había leído que primero los caballeros debían velar sus armas toda la noche; pero como ahí no había capilla, las puso sobre el pozo de agua. A la mañana llegaron unos arrieros con sus mulas que querían beber agua. Uno tocó las armas al sacar agua, eso enfureció a don Quijote, quien le pegó con un palo. Los otros arrieros ayudaron a su compañero y le tiraron piedras a don Quijote. Se armó una buena pelea hasta que llegó el posadero, que para don Quijote era el dueño del castillo, hizo lo que aquel le pedía y "lo armó caballero".

Aventuras

A la mañana siguiente, salió don Quijote en busca de aventuras. Anduvo cabalgando, cuando de pronto escuchó que alguien gritaba: "Don Quijote de la Mancha arreglará este asunto", y apuró a su cabalgadura. En un bosque cercano encontró a un muchacho atado a un árbol y a un hombre que lo azotaba.

—¡Alto ahí, detente cobarde! —gritó, entusiasmado por la obra de bien que iba a hacer—. ¡O lo sueltas o te lastimo con mi lanza!

El hombre bajó el látigo y, asustado, explicó a don Quijote que castigaba al muchacho porque todos los días perdía una de las ovejas que debía cuidar. Amenazándolo, don Quijote hizo que el hombre le prometiera al muchacho que ya no volvería a azotarlo y que le pagaría lo que le debía por su trabajo. Así se fue muy contento don Quijote por el buen comienzo de sus aventuras. Lo que no supo fue que apenas él se alejó, el patrón del muchacho volvió a atarlo y lo azotó hasta que el muchacho ya no tuvo fuerzas para gritar.

Mientras, don Quijote vio gran cantidad de gente que iba hacia él por el camino. Eran unos comerciantes, montados en buenos caballos, que se protegían del sol con sus sombrillas. Al verlos, don Quijote, exclamó:

—¡Esos son unos caballeros que vienen a desafiarme! ¡Ahora conocerán la fuerza de mi brazo! —se cruzó frente a los comerciantes y les gritó—: ¡Alto ahí! ¡Por aquí no pasará nadie que no reconozca en el mundo doncella más hermosa que doña Dulcinea del Toboso!

A los comerciantes les dio risa ese hombre flaco que parecía un disfrazado del carnaval, y se burlaron mucho, hasta que don Quijote los atacó con su lanza.

La mala suerte hizo que Rocinante tropezara y que él y su dueño rodaran por el suelo. Un mozo fuerte, que ayudaba a los comerciantes, tomó la lanza que se le había caído a don Quijote y golpeó tan fuerte al caído que la partió contra sus costillas.

Los comerciantes siguieron su camino. Don Quijote quiso levantarse, pero entre el golpe al caer del caballo y el golpe recibido en las costillas, no pudo hacerlo. Hasta que pasó un vecino que lo conocía y lo ayudó.

El vecino lo montó a su burro y lo llevó a su casa, mientras don Quijote le hablaba del castillo con sus hermosas doncellas, el joven al que había salvado y los malvados caballeros que lo habían atacado. En su casa, el ama de llaves, la sobrina, el cura y el barbero, estaban preocupados porque no sabían dónde estaba el señor Quijano.

—¡Esos libros han vuelto loco a mi señor! —se lamentaba el ama de llaves.

Por la tarde llegó el vecino con don Quijote, sobre su burro. Preocupados por su aspecto, lo llevaron a su cama, pero no vieron que estuviera herido.

—Cálmense —les dijo el señor—. Solo me he caído del caballo mientras peleaba con un montón de gigantes que me desafiaron.

El cura le dijo a la familia que para curar al dueño de la casa debían destruir lo que había provocado su mal.

—¿Los libros? —preguntaron.

—¡Los libros! —contestó.

Al día siguiente, sin que se enterara don Quijote, que seguía en cama, quemaron todos los libros de caballería y no pararon hasta ver que estuvieran hechos cenizas.

Los molinos de viento

Dos días después, don Quijote salió de la cama, tranquilizó a sus familiares, les hizo creer que se quedaría en casa, aunque ya se preparaba para partir de nuevo. Como recordó que los caballeros siempre llevaban un escudero, que era un sirviente que los acompañaba, convenció a un campesino que vivía cerca, de que si lo acompañaba lo haría rico. Aquel era un hombre bajo, más bien gordo, con la astucia del campo, pero ignorante.

—Cuando yo gane una isla —le decía—, tú serás su gobernador.

Sancho Panza, así se llamaba el vecino, ya se veía hecho un rico gobernador, y aceptó. Días después, uno montado en Rocinante y el otro en su burro, salieron del pueblo muy temprano, cuando los demás dormían.

Iba don Quijote contándole a Sancho lo que era ser caballero andante, cuando a lo lejos y frente a ellos vieron unos molinos de viento.

—Vamos con suerte, amigo Sancho —le dijo—. Ahí están esos gigantes y les voy a incitar a la batalla —Sancho preguntó de qué gigantes hablaba y don Quijote le señaló sin vacilar a los molinos de viento.

—¡Mira cómo los malditos mueven sus brazos tratando de asustarme! Pero no saben que están frente al más valiente caballero.

—Mire, señor, esos son molinos y aquellos brazos no son sino las aspas del molino, que se mueven por el viento.

—Son gigantes y yo acabaré con sus maldades —le dijo don Quijote y apenas terminó, apuró a Rocinante y se arrojó contra el primer molino.

Con tanta fuerza atacó, que clavó su lanza en una de las aspas, y el viento estaba muy fuerte, el aspa del molino lo levantó y lo mandó volando, con lo que don Quijote quedó tirado y muy dolorido.

—Tienes que aprender estas cosas, Sancho. Debes saber que mi peor enemigo es el mago Frestón. Estoy seguro que él convirtió a los gigantes en molinos para que yo no los venciera.

Ayudado por Sancho, el caballero volvió a montar sobre Rocinante, y enseguida continuaron su camino.

La princesa secuestrada

Al día siguiente encontraron a dos frailes que iban montados en mulas. Detrás de ellos venía una carroza donde viajaba una señora a la que acompañaban otros hombres a caballo y a pie.

—¡Mira, Sancho! Dos encantadores llevan a una princesa secuestrada. La salvaré y esta será una aventura muy famosa.

Don Quijote se arrojó contra los frailes. Uno se cayó de la mula y el otro escapó corriendo.

Don Quijote le dijo a la señora que había liberado, que debía ir al Toboso y contarle su hazaña a Dulcinea; sin embargo, uno de los mozos que la acompañaba, lo enfrentó. Ambos sacaron sus espadas y se dieron muchos golpes, al fin don Quijote desmontó al otro y lo amenazó con su espada.

—¡Ríndete o date por muerto! Mientras eso pasaba, otros mozos que venían con la señora habían atacado a Sancho y lo habían molido a palos. Ya estaban por irse contra don Quijote, cuando la señora de la carroza, viendo que el hombre con armadura estaba muy loco, le prometió que irían al Toboso y le contarían todo a Dulcinea.

La carroza se fue y don Quijote atendió al golpeado Sancho. Y le dijo que ya estaría mejor en su isla.

En la posada

Siguieron su camino y como todo se veía muy solitario, pensaron que pronto se haría de noche y sería bueno encontrar un lugar con abrigo para no tener frío. Al anochecer llegaron a la choza de unos cuidadores de cabras que estaban preparando su cena, quienes fueron muy hospitalarios y los invitaron a comer y les dieron un lugar donde descansar.

Muy temprano, don Quijote y Sancho Panza, internándose por un bosquecillo, llegaron a la orilla de un arroyo. Allí pararon a desayunar antes de seguir su viaje. Don Quijote, como siempre, le llenaba la cabeza a Sancho Panza con sus historias sobre las grandes aventuras que vivirían juntos y las grandes riquezas que conquistarían.

Mientras ellos platicaban, Rocinante vio una manada de yeguas que pastaban en las cercanías y se fue rápidamente a visitarlas. Aunque a las yeguas no les molestó su presencia, sí les molestó a los mozos que las cuidaban, los que armados con largos palos se fueron a darle una paliza a ese caballo que quería conquistarlos. Pero don Quijote los vio y, muy enojado de que alguien se metiera con su jamelgo, los increpó:

— ¡Alto ahí, malvados! —les gritó—. ¡Ahora conocerán mi furia y la fuerza de mi brazo!

Don Quijote se arrojó sobre ellos dispuesto a darles un merecido castigo, y aunque su escudero Sancho lo ayudó entrando a la pelea, la lucha terminó una vez más con los dos aporreados, contando sus chichones y lastimaduras.

Cuando los cuidadores de las yeguas se cansaron de golpearlos y se fueron, Sancho acomodó como pudo a don Quijote sobre su burro, tomó de la rienda a Rocinante y reanudaron su camino. Y como Sancho también había recibido abundantes palos por todo el cuerpo, le preguntó a su señor por un bálsamo curativo que le había oído mencionar; el que, según dijera Don Quijote, curaba las heridas apenas uno se lo aplicaba.

—Tienes razón, Sancho —dijo don Quijote—, el bálsamo existe y se llama Fierabrás. Pero en este momento no tengo ese mágico ungüento.

Entre quejas, llegaron a una posada y otra vez don Quijote pensó que era un castillo. El posadero, que al verlos llegar había salido a recibirlos, le preguntó a Sancho qué le había pasado a su señor, que se veía en muy mal estado.

—Tuvo un fuerte golpe al caerse de una roca —explicó Sancho.

—Pasen ustedes —dijo el posadero—. Mi mujer y mi hija lo cuidarán.

Así fue como la mujer del posadero, su hija y una muchacha del servicio llamada Maritornes, curó y vendó al golpeado caballero. Don Quijote se quedó con un arriero con el que compartía el cuarto, y que era el novio de Maritornes.

—Esa muchacha, Maritornes —le dijo don Quijote al arriero—, se ha enamorado de mí y seguramente va a venir a visitarme. Vendrá sin que nadie la vea y se echará a mis pies suplicando mi amor. Pero será inútil. La muchacha deberá aceptar que yo solo amo a mi excelentísima señora, la magnífica Dulcinea del Toboso.

En la noche, Maritornes tenía que decirle algo a su novio y fue a verlo. Llegó sin hacer ningún ruido, pero don Quijote la vio entrar. Al pasar Maritornes junto a la cama del caballero, este la tomó de un brazo y la hizo sentarse en su catre.

—Quisiera corresponder, hermosa señora, al gran amor que usted siente por mí. Aunque eso no es posible, pues yo solo puedo amar a mi señora Dulcinea.

El arriero estaba viendo todo y decidió que ese loco ya lo tenía harto, y aunque estuviera reponiéndose de sus heridas, merecía una lección que le enseñara a no meterse con novias ajenas.

De un salto atacó a don Quijote y en el forcejeo se rompió el catre. Con el escándalo y los gritos que lanzaban, despertó el posadero, quien llamó a Maritornes para que lo ayudara.

Cuando Maritornes oyó que la llamaban a ella, tuvo miedo y se metió en el cuarto vecino para esconderse. Pero ese era el cuarto de Sancho, quien creyó que lo atacaban y empezó a tirar golpes en la oscuridad.

Maritornes le devolvió los golpes y todos se volvieron locos. Al posadero se le apagó la vela y la confusión cada vez se hizo más grande.

El arriero entró en la pieza de Sancho a defender a su novia; don Quijote entró a castigar al arriero; Maritornes quería vengarse de Sancho que la había golpeado muy fuerte; y el posadero recibía golpes de todos lados sin saber qué pasaba. Todos gritaban de miedo y enojo, en la oscuridad.

Ovejas y carneros

En otra recámara de la posada, dormía un gendarme, que decidió intervenir, pues lo había despertado el escándalo armado con el pleito. Tomó su bastón y los documentos que demostraban su autoridad y fue a poner orden. Todos huyeron corriendo, menos don Quijote, que estaba tirado en el piso desmayado.

—¡Nadie se mueva —exclamó el gendarme—. ¡Cierren las puertas y vengan aquí, porque nos encontramos con un hombre muerto!

Asombrados y asustados, todos regresaron. Por fortuna, don Quijote solo estaba molido a palos, pero vivo.

Cuando despertó le pidió a Sancho que le consiguiera aceite, vino, sal y hierbas de romero para preparar el mágico bálsamo de Fierabrás.

Sancho consiguió lo que le pidió. Don Quijote hizo una mezcla y la puso en una aceitera de lata.

—¡Con esto se curan hasta los muertos! —y se bebió de un trago la mitad del bálsamo—. ¡Sírvete, amigo Sancho! —le dijo a su escudero.

Mientras Sancho se bebía de un trago el bálsamo que sobraba, don Quijote empezó a vomitar. Enseguida vomitó Sancho, y los dos tenían unos dolores tan fuertes en el estómago, que creyeron morirían pronto.

Después, los dos tuvieron que ir al baño apresuradamente. Se quedaron tirados, entre dormidos y desmayados. Al despertar, don Quijote se sintió mejor, y dijo que el bálsamo lo había curado. Aún así fueron a despedirse del posadero. Don Quijote dijo que lo habían tratado muy bien en ese castillo y que su espada y su brazo estarían siempre a su servicio. El posadero le dio las gracias y le pidió que pagara los gastos del hospedaje.

—¡Insolente! —respondió don Quijote—. ¡A un caballero no se le cobra el hospedaje!

Y se fue cabalgando en Rocinante. Pero Sancho tuvo menos suerte. Un grupo de gente que estaba en la posada, decidió divertirse con él.

—Ya que no paga, vamos a mantearlo —dijeron.

Y ahí fue Sancho, arriba y abajo, como una pelota por el aire, gritando y protestando y a punto de vomitar de nuevo, hasta que los manteadores se aburrieron y lo dejaron ir.

Antes le quitaron la bolsa donde llevaba una muda de ropa y algo de comer y se la dieron al posadero como pago. Se marcharon despacio. Al rato vieron a lo lejos dos nubes de polvo, y don Quijote se sintió muy reanimado.

—Esas polvaredas son dos ejércitos que van a enfrentarse —le dijo a Sancho—. Uno es de cristianos y otro de paganos. Entraremos juntos en la lucha, porque para esta batalla no hace falta que seas caballero.

Cuando las nubes de polvo se acercaron, Sancho vio que eran dos rebaños de borregos y carneros que venían pastando. Se lo dijo a don Quijote.

—Sancho, ¡estás ciego! —fue la respuesta de don Quijote, quien rápidamente espoleó a Rocinante y embistió a uno de los rebaños.

—¡Vuelva, señor, que son borregos y carneros! —le gritaba Sancho.

Los pastores vieron que don Quijote se lanzaba contra un rebaño, sacaron sus hondas y pronto una lluvia de piedras cayó sobre el caballero con tal fuerza que lo tiró del caballo.

Agarrándose la cabeza, el fiel Sancho llegó corriendo a socorrerlo y, en ese momento, el brebaje espantoso que el hidalgo llamaba bálsamo, hizo su efecto y don Quijote vomitó sobre su escudero.

Como a Sancho le dio asco, también se descompuso y vomitó sobre su amo. Fue hasta su burro pensando en sacar algo con que limpiarse y descubrió que no tenía nada. Entonces se dio cuenta de que le habían quitado sus cosas.

El casco de Mambrino

Partieron otra vez y marcharon hasta la noche. Muy cansados desmontaron para reponerse. Se instalaron bajo un árbol y en la oscuridad empezaron a oír ruidos muy extraños, como de agua que caía, golpes y chocar de cadenas. Sancho se asustó pensando que serían fantasmas y don Quijote le dijo que era un intento de atemorizarlos, lanzado por su gran enemigo, el mago Frestón.

Los ruidos no los dejaron dormir en toda la noche. Sancho trató de convencer a don Quijote de que no siguieran.

—Ya ve lo mal que nos va, señor, cuando buscamos aventuras —le dijo afligido y preocupado.

—Vámonos de aquí, que este lugar está embrujado —respondió don Quijote.

Gran asombro se llevaron cuando a poco andar encontraron un taller donde fabricaban ropas, mantas y cortinas, y vieron y escucharon los ruidos de

las máquinas, que eran los mismos que les
habían quitado el sueño.

Don Quijote estaba un poco avergonzado
y lo disimuló. Luego les cayó un aguacero que
les hizo sentir frío. En eso vieron un jinete

que se acercaba y traía un objeto dorado en la cabeza.

—Para que ya no te quejes, Sancho, esta sí que será una buena aventura. Ese jinete trae en su cabeza el famoso casco de Mambrino y yo he jurado que lo tendré para mí —exclamó don Quijote.

El jinete que se acercaba era un barbero que, para protegerse de la lluvia, se había puesto en la cabeza la vasija que usaba para remojar las barbas en su peluquería.

—¡Alto ahí si no quieres perder la vida! —le gritó don Quijote—. ¡Entrega ese casco que me pertenece!

Espantado por ese extraño disfrazado que lo atacaba sin ningún motivo, el barbero bajó de su burro y salió corriendo a toda velocidad, tirando la vasija.

Sancho pensó que había que aprovechar esa aventura. Llegó hasta el burro del barbero y tomó la bolsa de provisiones que traía, que parecía bien abastecido por lo mucho que pesaba.

—La bolsa que llevaba el sujeto que usted venció estará mejor en mi burro que en el suyo —dijo Sancho, pero el hidalgo de la Mancha no lo escuchaba, tal era su felicidad al colocar sobre su cabeza esa vasija de peluquería a la que llamaba "el casco de Mambrino".

Presidiarios

Así iba don Quijote, como si flotara entre nubes, entusiasmado por el mágico casco de Mambrino que lo protegería en todas sus batallas, cuando vieron que hacia ellos venían caminando doce hombres encadenados, vigilados por guardias fuertemente armados con espadas y escopetas.

—Mire, señor, ahí se están llevando a unos presidiarios que irán forzados a remar en las galeras del rey.

—¡Cómo que forzados! —se asombró don Quijote.

—Es gente que ha cometido graves delitos —le dijo Sancho—, y por ellos ha sido condenada a remar en esos barcos.

Don Quijote se acercó a uno de los guardias y le pidió permiso para hablar con los prisioneros.

—¿Para qué quiere hablarles? —preguntó el guardia.

—Para saber por qué han sido condenados —contestó don Quijote.

—Hábleles si quiere, mientras yo descanso, pero le aviso que son todos unos bandidos desalmados.

Don Quijote habló con los encadenados, quienes juraron que eran inocentes y tan buenos como un santo. Entonces, don Quijote, que creyó todo lo que los presos le decían, pidió a los guardias que los soltaran, diciéndoles que no era bueno esclavizar a quienes Dios y la naturaleza habían hecho libres. Y ayudado por Sancho y por los mismos presos, en un momento los liberó.

Después de que ataron a los guardias, don Quijote les dio un discurso a los liberados.

—Deben ser agradecidos y portarse con la nobleza que han mostrado en sus palabras. Yo les mando que cargados con esa cadena que les quité, vayan ahora al Toboso, busquen a la excelentísima señora Dulcinea, le digan que don Quijote de la Mancha los ha liberado y que ahora estarán a su servicio.

Los presos empezaron a reírse de lo que ese loco quería que hicieran, pero viendo que don Quijote insistía y quería darles órdenes, terminaron por insultarlos y arrojarles muchas piedras, que golpearon por igual a don Quijote y a Sancho.

Don Quijote y Sancho, otra vez molidos a golpes y sin tener ni una gota del famoso bálsamo de Fierabrás, que tanto los hacía vomitar, se fueron como pudieron y al fin encontraron dos rocas y se refugiaron allí.

Cayó la noche y los dos aventureros se durmieron. Mientras dormían, llegó uno de los presos que habían liberado y se robó el asno de Sancho. A Rocinante lo dejó porque lo vio muy flaco y arruinado.

Por la mañana, Sancho vio que faltaba su asno y empezó a lamentarse:

—¡Me han robado mi tesoro! ¡El regalo de mi mujer y la envidia de mis vecinos, el mejor amigo que he tenido!

Don Quijote se conmovió por su escudero y le dijo que le daría tres burros que tenía en su casa. Sancho pensó que no era lo mismo, porque ese burro perdido era su amigo, pero se conformó.

La princesa Micomicona

Siguieron andando, más despacio ahora porque don Quijote iba montado; mas su escudero marchaba a pie. Entraron en una especie de sierra, con montes de no mucha altura, mientras veían volar en lo alto a las aves de rapiña, que siempre andan buscando qué comer. Al rato don Quijote bajó de su caballo y le dijo a Sancho que deseaba escribirle una

carta a Dulcinea y contarle todas las aventuras
que estaba viviendo. Escribió un rato, porque
como aventurero precavido, había llevado
papel y pluma para registrar sus hazañas.

—Escucha, amigo Sancho —le dijo—,
quiero leerte esta carta y que te la aprendas.

—Eso va a ser muy difícil, señor —respondió Sancho—, porque yo tengo mala memoria
y a veces ni me acuerdo de mi nombre.

—Entonces voy a firmarla para que la lleves y se la entregues a mi excelentísima señora, doña Dulcinea del Toboso. Ella te dará una cinta de su pelo o un anillo de sus manos, como prueba de su amor, y tú me traerás ese presente cuando regreses.

Sancho lo miró en silencio, mientras pensaba que la campesina Aldonza Lorenzo no iba a entender nada y que esa muchacha ni llevaba cintas en el pelo y menos aún anillos en las manos. Sancho pensaba en los peligros que correría don Quijote si lo dejaba solo, pero como sabía que su amo era muy orgulloso, prefirió no decir nada que pudiera ofenderlo.

—¡Monta en Rocinante y vete, Sancho, que yo aquí te esperaré! ¡Anda, no te demores, que Dulcinea debe estar esperando esta carta mía!

—Pero, señor, ¿está seguro de querer que me vaya?

—¡Vete de una vez, que yo debo hacer unos ejercicios de caballería! —lo apuró don Quijote.

Mientras Sancho se iba montado en Rocinante, dos o tres veces se dio vuelta y vio que don Quijote se quitaba la armadura y la ropa, hasta quedar totalmente desnudo y se ponía a hacer raras piruetas, cabriolas y maromas. Preocupado se fue Sancho, pensando en cómo terminarían las extrañas aventuras en que se había metido.

Y así, pensando y cabalgando pasó un día entero y por fin llegó a la misma posada en la que lo habían manteado. Estaba por entrar cuando del lugar salieron el cura y el barbero de su pueblo, los amigos de su amo don Quijote.

Muy contentos se pusieron los dos, que andaban buscando noticias para saber por dónde andaba su amigo Alonso Quijano. Muy preocupados, porque no sabían nada de él, y por las cosas que hacía, según les contaba la gente que lo había visto.

—¿Dónde está tu amo? —le preguntó el cura a Sancho—. ¿Por qué vas en su caballo?

Aliviado, Sancho les contó al cura y al barbero todo lo que a él y su amo les había pasado desde que salieron del pueblo. El cura y el barbero mandaron a Sancho a comer algo. Al fin hicieron un plan para engañar a su amigo Quijano y sacarlo de la mala vida que estaba llevando. Cuando volvió Sancho le contaron el plan.

—Escucha lo que haremos, Sancho —le dijo el cura—. Conocemos a una pastora que se llama Dorotea y ella nos va a ayudar. Fingirá que es una princesa y que necesita que él la ayude.

La pastora Dorotea y el barbero se disfrazaron, fueron a ver a don Quijote y Dorotea le dijo:

—Noble caballero, soy la princesa Micomicona y este es mi escudero. Vengo a suplicar su ayuda. Un malvado gigante me ha quitado mi reino y quiero recuperarlo.

—Yo lo haré, señora princesa —respondió don Quijote—. Se lo prometo por mi honor.

Y salieron los tres, por un camino que la pastora y el barbero habían convenido.

El cura y Sancho, que los estaban esperando, fingieron que se encontraban con ellos por casualidad y se sumaron al grupo. La princesa iba contando la triste historia de la pérdida de su reino, cuando vieron al preso liberado que había robado el burro de Sancho. Al verlos, el ladrón huyó corriendo y Sancho lloró de alegría y se puso a besar al asno.

—¡Querido amigo mío, cuánto te he extrañado! ¿Cómo te han tratado?

Montó Sancho en su burro y siguieron su camino hasta llegar a la posada en la que el posadero, su esposa, su hija y la muchacha Maritornes los recibieron. Don Quijote se fue a descansar y los demás se quedaron conversando en la cocina. Al rato llegó Sancho gritando:

—Rápido, vengan, señores, que don Quijote está peleando con el gigante enemigo de la princesa Micomicona.

Cuando llegaron adonde estaba don Quijote, lo encontraron tirando furiosas estocadas contra lo que él creía que era el gigante y que solo eran unos sacos de vino que ahí guardaba el posadero.

Con la espada en la mano, sin dejar de tirar tremendas estocadas, don Quijote estaba bañado en el vino que saltaba de los sacos perforados y gritaba: "Malvado gigante, devolverás ese reino que no es tuyo".

Para hacerlo reaccionar, porque parecía poseído por un demonio, el barbero le arrojó una cubeta de agua.

En la jaula

Don Quijote volvió como de una pesadilla y quedó convencido de que ese castillo (ya saben que para él todas las posadas eran castillos) estaba embrujado. Por lo que vistió su armadura y salió al patio a hacer guardia. Al verlo desde la cocina, Maritornes y la hija del posadero pensaron en hacerle una broma. Enseguida lo llamaron:

—Acérquese, por favor, caballero —le dijo Maritornes.

—Estimada señora —respondió don Quijote—, lamento mucho que se haya enamorado

de mí, porque mi amor está consagrado a la
más hermosa doncella, mi Dulcinea, empera-
triz del Toboso.

—Me conformaría, señor, con tocar su
mano —dijo Maritornes—. No me niegue usted
ese favor.

Sin ninguna sospecha, montado en Rocinante, don Quijote metió su mano por la
ventana. Las dos muchachas le ataron la mano
a un barrote y el caballero no la pudo retirar.
Pasó el resto de la noche ahí atado, llamando
a Sancho e invocando a Dulcinea.

Al amanecer llegaron a la posada unos
gendarmes. Don Quijote empezó a dar gritos

para que lo ayudaran. Maritornes tuvo miedo de que la descubrieran y la castigaran por su broma y lo desató, y el caballero se dio tal golpe que quedó un rato desmayado.

En ese momento uno de los gendarmes reconoció al hombre caído. Andaba buscándolo y traía orden de arrestarlo por haber soltado a unos delincuentes que eran llevados a las galeras. Apareció el cura y les dijo:

—Este hombre no es culpable, porque ha enloquecido.

Al ver el delirio de don Quijote, los gendarmes pensaron no hacer nada contra él; pero como el cura quería llevarlo a su pueblo, decidió raptarlo. Lo ataron y lo metieron en una jaula. El cura contrató a un arriero que tenía una carreta para que llevara la jaula y al día siguiente salieron en camino.

Cuando llegaron, mucha gente del pueblo salió a verlo; algunos fueron a avisarle al ama de llaves y a la sobrina de Alonso Quijano.

La mujer de Sancho estaba muy contenta por el regreso de su marido, y la sobrina y el ama ayudaban y consolaban a don Quijote, quien todavía se sentía agraviado por el encantamiento sufrido.

El Caballero de los Espejos

Un mes entero pasó don Quijote descansando. Ni él ni nadie había vuelto a hablar sobre ser caballero andante y, al parecer, se estaba curando de sus delirios. Pero el cura y el barbero habían visto que su salud seguía delicada. Un día, Sancho fue acompañado de un hombre que se llamaba Sansón Carrasco y quería hablar con don Quijote.

—Yo le aconsejo, señor —le dijo cuando lo vio—, que vaya usted a los torneos que habrá en Zaragoza el día de San Jorge y allí podrá tener muy buena fama.

Se entusiasmó don Quijote, y entusiasmó a Sancho hablándole de la isla que gobernaría... Y al volver a su casa, Sancho le dijo a su mujer:

—Cuando sea gobernador, casaremos con un gran señor a nuestra hija Mari Sancha y tú serás la gran señora doña Teresa Panza.

—El mundo nos necesita a los caballeros andantes. Los reinos se arruinarían si los héroes dejáramos nuestra profesión —explicaba don Quijote.

Al tercer día, acompañado de Sancho y de Sansón Carrasco, que iría con ellos por un trecho del camino, salió al campo otra vez. Entrada la noche llegaron al Toboso.

—Debemos buscar el palacio donde vive la señora Dulcinea —le decía don Quijote al escudero.

Anduvieron un rato por el pueblo buscando ese palacio que no existía. Vieron la sombra de un edificio grande y pensaron que sería ese, pero era la iglesia.

Cansados y decepcionados, y como ya estaba amaneciendo, Sancho le dijo a su amo que lo esperara en un bosquecillo cercano y que él buscaría a Dulcinea. En eso estaba cuando vio venir a tres campesinas montadas en sus burros. Sancho corrió a decirle a don Quijote que había encontrado a Dulcinea. Lo llevó con él y le mostró a las tres mujeres. Don Quijote estaba confundido, pero Sancho hizo una gran reverencia, se arrodilló frente a una de las campesinas y le dijo:

—Reina y princesa de la hermosura, admirada señora Dulcinea del Toboso, haga usted el favor de recibir a su enamorado caballero, don Quijote de la Mancha, el Caballero de la triste figura. Yo soy Sancho Panza, su escudero.

—¡Quítense del camino porque vamos con prisa! —dijo una de las mozas.

La supuesta Dulcinea apuró a su burro y el animal salió corriendo. Don Quijote quedó triste por no haber podido rendir homenaje a Dulcinea y Sancho estuvo contento porque todo había salido bien.

Después, Sancho se echó a dormir y don Quijote estuvo pensando en las desdichas de su amor. Así estaba, cuando escuchó extraños ruidos. Llamó a Sancho y fueron a investigar. Entre unos matorrales vieron a dos jinetes que desmontaban. Uno de ellos llevaba armadura y estaba lamentándose.

—Oye, Sancho —dijo don Quijote—. Hemos encontrado a otro caballero andante que trae tristezas de amor, aunque está muy equivocado al decir que esa Casildea es la mujer más hermosa, porque ninguna en el mundo es tan bella como mi Dulcinea —don Quijote fue a saludar al caballero y este le dijo:

—Soy el Caballero de los Espejos y mis insignias son estas lunas de espejo, ¿quién es usted, señor?

—Como usted, estoy yo también en la caballería andante —respondió don Quijote—. También soy peregrino y tengo mis penas de amor.

Enseguida los dos caballeros simpatizaron y decidieron compartir sus pesares para que les dolieran menos.

—Tengo la obligación impuesta por doña Casildea de Vandalia, que fue su condición para ser mi dama, que debo confesar a todos los caballeros andantes, que ella es la mujer más hermosa de todas. Así lo he hecho y he derrotado hasta al mismísimo don Quijote.

—¡Vive Dios que miente usted! —exclamó don Quijote, poniéndose de pie, muy enojado—. Don Quijote nunca ha sido vencido ni

ha dicho que Casildea sea la dama más hermosa. Si no retira usted sus palabras, aquí está mi espada para que brille la verdad.

Nadie retiró sus palabras y se decidió un duelo entre los dos caballeros. Al amanecer, que es la hora de los duelos, los dos montaron sus caballos, galoparon el uno contra el otro. Rocinante corrió como nunca, pero el otro caballo se detuvo, se quedó quieto.

Don Quijote embistió a su rival y de un lanzazo lo mandó volando por el aire, tan lejos que creyó que lo había matado. Fueron a auxiliarlo y, al quitarle su casco, vieron que era nada menos que Sansón Carrasco.

—¡Esto es obra del mago Frestón! —exclamó don Quijote—, que siempre trata de engañarme con sus trampas y ahora le ha puesto a mi rival un rostro conocido para que yo me apiade de él.

Cuando el caballero caído se recuperó, don Quijote

lo amenazó con su espada y le hizo jurar que la dama más hermosa del mundo era Dulcinea. Y así acabó ese duelo. Sancho y su señor siguieron para Zaragoza.

Frente a los leones

—Te habrás convencido, amigo Sancho, de que el mundo no conoce un caballero tan valiente como yo —alardeaba don Quijote, que tan orgulloso estaba de haber triunfado, que parecía haber olvidado todas las palizas que antes había recibido.

—Sí, señor —respondió Sancho—, pero ese hombre era igual a mi compadre Sansón Carrasco.

—¡Astucias de Frestón, amigo!

Eso hablaban cuando detrás de ellos venía otro caballero, vestido con un magnífico gabán y con todo el aspecto de un hombre de bien. Al pasar junto a ellos los saludó y apuró el paso de su yegua, pero don Quijote lo alcanzó y muy cortés se presentó y le dijo:

—Si lleva usted el mismo camino que nosotros, nos agradaría que viajáramos juntos. El caballero aceptó y los dos hidalgos siguieron platicando. Mientras, Sancho (que tenía mucha hambre) les compró un poco de requesón a unos arrieros con los que se cruzaron. Así andaban cuando vieron acercarse una carreta adornada con muchas banderitas de colores.

—¡Dame mi casco! Que debemos prepararnos para otra historia interesante.

Sancho Panza había puesto el requesón en el casco de su amo y no se acordó de retirarlo. En cuanto don Quijote se lo puso, el requesón ablandado por el calor empezó a chorrearle por la cara.

—¡Qué está pasando aquí! ¡Otra vez me acosan los encantadores! ¿Estoy sudando o se me derriten los sesos?

Llegó hasta ellos la carreta y don Quijote les habló así: "¿A dónde se dirigen, señores? ¿Qué llevan ustedes en ese carro y qué son esas banderas?".

—Llevamos dos leones para la corte del rey —fue la respuesta—. Y las banderas son las insignias reales.

—¿Con que leones, no? —dudó don Quijote—. ¡Hagan el favor de mostrarlos! —don Quijote obligó al leonero a abrir una jaula y con su espada y su escudo enfrentó al león. El animal lo miró aburrido, se dio vuelta y se echó a dormir.

Don Quijote se enojó y le dijo al domador que le diera unos puntapiés al león, a ver si así conseguían que le presentara batalla.

—No hace falta, señor. Usted ha demostrado su valor. Déjeme cerrar la jaula.

—Está bien —dijo don Quijote—, pero no te olvides de contar esta hazaña mía por donde vayas.

El caballero del gabán se llamaba don Diego y estaba muy asombrado de la conducta de su compañero. Allí le dijo a don Quijote:

—Debe usted estar fatigado por todas sus aventuras, señor caballero. Esta es mi casa y en ella podrá usted descansar el tiempo que desee. Agradeció don Quijote y desmontaron frente a la casa donde esperaban doña Cristina y don Lorenzo, mujer e hijo del caballero.

Don Diego informó a su hijo que el caballero era alguien muy especial. También don Lorenzo lo era, su especialidad era la poesía. Durante cuatro días don Lorenzo estuvo leyéndole sus poemas a don Quijote. Para entonces, el caballero estaba muy aburrido y decidió volver a sus aventuras.

La isla de Barataria

Dos días anduvieron don Quijote y Sancho por el camino y, entonces, vieron a lo lejos a un grupo de cazadores que llevaban halcones adiestrados. Con ellos iba una mujer, ricamente vestida y montada en una yegua, que posado en su brazo llevaba un halcón, que les pareció señal de ser señora noble.

Era nada menos que una duquesa aficionada, al igual que su marido, a los libros de caballería. Los duques conocían las historias de don Quijote y para divertirse con sus fantasías, lo invitaron a visitar su mansión.

El duque se adelantó para preparar a la gente de su servicio, diciéndoles cómo debían tratar a don Quijote. Así fue que, cuando llegaron, los recibieron con música y dos doncellas pusieron sobre los hombros del caballero un gran manto rojo, muy fino, y en los corredores otros criados gritaban:

—¡Bienvenida la flor de la caballería andante!

Como Sancho creía que a la duquesa le gustaba escucharlo, comenzó a contarle sus aventuras. Pero también había un cura al que no le gustaban nada esas historias, y que al no formar parte de la comedia, organizada por los duques, puso muy mala cara y pronto se enfrentó con don Quijote.

—Señor mío —le dijo—, cuénteme usted, ¿dónde hay gigantes en España, cuáles son los malandrines en la Mancha y adónde se encuentran las Dulcineas encantadas? ¿No sería mejor que regresara usted a su casa y se dejara de tantas locuras?

Furioso, don Quijote le contestó:

—Por respeto a su condición de hombre de la iglesia, y a esta mansión donde tan bien nos han acogido, no usaré mis manos para calmar mi justo enojo —el cura lo miró, pero el caballero siguió diciendo—: Soy don Quijote de la Mancha y mi profesión es la caballería andante. Me ocupo de deshacer agravios donde los encuentre, hacer el bien y evitar el mal. ¿Piensa usted que esas son tonterías?

El duque disfrutaba con esa discusión y continuó con su broma. Como estaba enterado de que don Quijote le había prometido a Sancho que gobernaría una isla, le dijo:

—Amigo Sancho Panza, en nombre del señor don Quijote, le daré el gobierno de una isla que tengo.

—¡Gracias, señor! —Sancho se entusiasmó al pensar que por fin se premiaban sus afanes y sus sueños se convertían en realidad.

Los duques organizaron todo lo necesario para que Sancho creyera que recibía la isla prometida. La isla se llama Barataria.

—Prepárese "don Sancho" para tomar posesión de ella.

Avisaron a los habitantes de un pueblito cercano para que los acompañaran en la broma. Le dieron a Sancho una ropa fina y le dijeron que era el traje de gobernador y fueron con él, que iba montado en una mula reluciente y seguido por su burro, y avanzaron al pueblo.

Ahí tocaron las campanas y todos los vecinos salieron a recibirlo con fingida alegría.

—¡Viva el gobernador! —gritaban—. ¡Arriba don Sancho Panza que nos gobierna!

Le entregaron las llaves de la ciudad, lo sentaron en un gran sillón y le dijeron que debía demostrar su sabiduría para gobernarlos. Enseguida aparecieron en la sala un sastre y un campesino y le plantearon un problema.

Contó el sastre que el campesino le dio una tela para que le hiciera una capucha, pero como era desconfiado y tenía miedo de que el sastre se quedara con la tela sobrante, el campesino cambió el encargo y pidió que el sastre le hiciera cinco capuchas con la tela. El sastre las hizo muy pequeñas y el campesino se negaba a pagarle.

—Ninguno de los dos actuó bien —dijo Sancho—, y yo dispongo que el campesino pierda su tela y el sastre pierda su trabajo. Las capuchas serán para los presos de la cárcel.

Se acabó el juicio y todos admiraron la inteligencia del gobernador. Al rato lo sentaron frente a una mesa llena de deliciosos manjares. Cuando Sancho iba a comer apareció un médico que se lo prohibió, diciendo que era para cuidar su salud. Pasó una semana entera. Sancho había hecho tantas cosas y resuelto muchos problemas; casi no había dormido. Ya se le cerraban los ojos de cansancio cuando de la calle y de su casa llegaron a él unos ruidos tremendos.

—¡Alerta todos, que nos atacan! —gritó alguien.

Un montón de gente entró corriendo al salón de Sancho y lo sacó a la calle. Diciendo que querían protegerlo, lo apretaron entre dos escudos y le pusieron en sus manos una espada y una lanza. Al ir Sancho a caminar, lo empujaron para que se cayera y el pobre quedó mirando para arriba como si fuera una tortuga. Después los bromistas bailaron encima de él pisoteándolo y riéndose, muy divertidos con su desgracia.

Dieron por terminada la broma. Levantaron a Sancho, le quitaron los escudos y le dijeron que había ganado la batalla. Sancho ya no quería saber nada ni de la isla ni de ser

gobernador y enseguida presentó su renuncia. Al día siguiente, fue a buscar a su burro en el establo y con lágrimas en los ojos le dijo:

—Querido amigo, solo hemos sido felices cuando tú y yo andábamos tranquilos y libres como los pájaros por el campo. Vamos a seguir "como antes" disfrutando de la libertad.

Montó en su asno y se alejó, un poco triste porque ya no era gobernador, pero muy contento porque volvía a ser libre, pensando en buscar a su patrón don Quijote para seguir con él.

—Yo entiendo de arar la tierra y podar los árboles —se decía—. No de ser gobernador ni defender una isla. Sin nada entré en ese gobierno y sin nada salgo, no como otros gobernantes que llegan sin nada y se van cargados de riquezas.

Más aventuras

Se alejó, entonces, Sancho de la supuesta isla de Barataria y anduvo en su burro hasta que llegó la noche. Estaba cansado y buscó un sitio para dormir, pero como estaba muy oscuro no veía nada y para su mala suerte cayó en una cueva.

Se dio un buen golpe, pero no tuvo ninguna herida; en cambio, sintió que el burro se quejaba. Las paredes de la cueva eran muy empinadas y no hallaba forma de salir. Sin saber qué hacer, sacó de su bolsa un pedazo de pan y se lo dio al burro diciéndole:

—Come algo, amigo, que las penas con pan son menos.

Al día siguiente andaba por allí don Quijote, haciendo ejercicios de preparación para los combates, cuando oyó las voces que pedían auxilio desde el fondo de un pozo.

Fue el caballero a buscar ayuda y con muchos trabajos consiguieron sacar de su encierro a Sancho y a su burro.

Muy contentos los dos de volver a estar juntos, don Quijote se despidió de los duques y salieron al campo de nuevo.

—Ningún tesoro, amigo Sancho, puede compararse con la libertad, que es la mayor riqueza que tenemos. No hay mal peor que el cautiverio, aunque sea en una jaula de oro, como lo era la mansión de esos duques —le dijo don Quijote, que era feliz de volver a ver a su escudero.

Así iban, alegres, cuando vieron una polvareda delante de ellos.

—¡Mira, Sancho, la aventura vuelve a buscarnos!

—¡Qué dice usted, mi señor! —contestó Sancho, que bien claro vio que eran unos vaqueros que arriaban una manada de toros de lidia.

—Ahí tienes una banda de ladrones a los que pienso detener.

—¡Pare usted, señor, que son unos toros!

—¡Sálgase del camino, señor, que estos son toros bravos! —clamaba Sancho desesperado.

Ya no pudo decir más. Mientras don Quijote lanzaba más amenazas, los toros embistieron a los dos y a sus cabalgaduras y, desparramándolos por el suelo, siguieron su camino.

Otra vez a estar molidos por los golpes, que aunque ya era costumbre de la pareja, siempre dolían. Pronto continuaron su camino y llegaron cerca de una gran ciudad situada junto al mar. Comieron algo de lo que los duques les habían regalado y se echaron a descansar.

Cuando se hizo de día vieron el mar, que para los dos era la primera vez que lo admiraban, y se quedaron maravillados contemplándolo.

—Me parece, señor —dijo Sancho—, que el mar se ve más grande que las lagunas de mi pueblo, mire cómo se levantan sus aguas, caen y golpean con fuerza, y vea cómo queda esa espuma blanca cuando las aguas se van.

—El mar es como mil lagunas, Sancho. Llega desde un país a otro y es como si no terminara nunca. Para que sepas, amigo, hay más agua que tierra en el mundo.

—Mire que hay tierra en todos lados. En todos los campos y en todas las ciudades y los pueblos. Y en mi pueblo hay una sola laguna y en cambio hay mucha tierra. Mire, señor, ¿qué son esos bultos, como casas con patas que se mueven en el agua?

—Esos bultos, ¡pedazo de animal! —contestó don Quijote—, son los barcos del rey, las galeras de la armada real, y eso que te parecen patas son los remos que los impulsan.

Continuaron marchando hacia la gran ciudad, que después supieron que se llamaba Barcelona.

Como ya se había corrido la voz de que andaba un loco por los caminos, vestido con armadura y creyéndose un caballero andante como los de la antigüedad, apenas entraron en Barcelona, un gentío salió a recibirlos con risas y aplausos.

En mitad de una plaza, entre el griterío que tanto gustaba a don Quijote y asombraba a Sancho, un caballero alzó la voz y dijo:

—¡Bienvenido a nuestra ciudad, el espejo, farol y estrella de la caballería andante de nuestro tiempo, el excelentísimo y muy digno señor don Quijote de la Mancha!

Rumbo al centro de la gran ciudad, marchó el cortejo triunfal rodeando a los homenajeados don Quijote y Sancho. Andaba por ahí un hombre rico y respetado, llamado Antonio Moreno, a quien le gustaba divertirse sin hacerle daño a nadie, y este hombre llevó a su casa a don Quijote y Sancho, y cuando estuvieron en ella los invitó a saludar a la gente desde un balcón.

Después, la mujer de don Antonio organizó un baile en el que dos damas, bromistas y elegantes, hicieron bailar a don Quijote, y tantas vueltas le hicieron dar y tan enamoradas se fingieron, que el caballero quedó mareado, molido y avergonzado.

Al otro día don Antonio avisó a las galeras reales que iría con don Quijote a ver las embarcaciones. Sancho iba muy contento porque solo había visto de lejos esos animales con muchas patas.

Don Quijote subió a la nave principal, donde lo esperaba el capitán, a quien don Antonio le había hablado de su broma. El hidalgo le dio la mano al capitán y este le dijo:

—Este es uno de los mejores días de mi vida, por haber visto a don Quijote de la Mancha, que es caballero andante y no el peor de ellos.

Sancho miraba todo con asombro. Miraba los remos de las galeras y recordaba que le habían parecido patas.

El Caballero de la Blanca Luna

Una mañana salió don Quijote a pasear por la playa; acostumbraba hacerlo con todas sus armas. Iba ensimismado en sus pensamientos, al paso lento de Rocinante, recordando la belleza de la sin par, Dulcinea del Toboso, y pensando que ella lo estaría esperando, cuando vio que a lo lejos se acercaba un jinete.

Era un caballero totalmente armado, que llevaba en su escudo una luna brillante, y que al llegar cerca de él le habló con una voz muy poderosa y arrogante.

—Insigne don Quijote de la Mancha —le dijo—, yo soy el Caballero de la Blanca Luna. Vengo a verte para que confieses que mi dama es más hermosa y mejor que la tuya. Si no aceptas que mi dama es la mejor, tendré que luchar contigo; y si te gano, quiero que vuelvas a tu casa y no toques tus armas por un año. Si ganas tú, puedes disponer como quieras de mi cabeza, mis armas y mi caballo.

Don Quijote no dudó:

—Acepto su desafío. Sepa usted, Caballero de la Blanca Luna que pienso obligarle a jurar que ninguna dama puede compararse con la mía, doña Dulcinea del Toboso.

En la playa estaba Don Antonio Moreno hablando con el gobernador y otros señores, y vieron lo que pasaba. Los caballeros se separaron varios metros, preparados para embestirse con sus lanzas, el gobernador se acercó a ellos y les dijo:

—¡Alto, caballeros! ¿Cuál es la causa de este duelo? —don Antonio Moreno disimulaba una sonrisa, pensando en lo que vería en un momento.

—Señor —contestó don Quijote—, la causa es asunto de belleza. Combatiré con el Caballero de la Blanca Luna, y el vencido deberá confesar que la dama del ganador es la más hermosa.

—Bueno —dijo el gobernador—, ¡adelante!

Los caballeros siguieron lo establecido en las leyes de caballería: se separaron veinte metros, decidieron el momento de arranque y, picando espuelas a sus caballos, se embistieron a todo galope.

El caballo de la Blanca Luna era más ligero que Rocinante, por lo que su dueño venía con más fuerza que don Quijote, por eso cuando se encontraron lanza contra lanza, el de la Mancha cayó de su montura y anduvo rodando por el suelo.

—¡Vencido estás, don Quijote! —dijo el Caballero de la Blanca Luna, poniendo su espada junto al cuello del caído—; y tendré que matarte si no aceptas mis condiciones.

—Dulcinea del Toboso es la mujer más hermosa de la tierra y yo soy el caballero más desdichado del mundo —respondió don Quijote—. Quíteme usted la vida, que ya me ha quitado el honor.

—No pienso hacer eso con tan valiente caballero —dijo el de la Blanca Luna—, me basta con que cumpla usted lo prometido: retirarse a su casa y por un año no buscar nuevas aventuras.

—Le he dado mi palabra y cumpliré —dijo don Quijote.

El vencedor le hizo una reverencia, afirmó que había sido inmenso honor para él medir sus fuerzas con las de tan famoso caballero andante como era don Quijote, y se alejó.

Sancho estaba como en una pesadilla. Veía a su amo condenado a no usar sus armas por un año y pensaba en toda la gloria que ya no podrían disfrutar.

Mientras sus amigos retiraban de ese lugar al vapuleado don Quijote, don Antonio Moreno fue detrás del vencedor. Estaba muy intrigado y quería saber quién era ese desconocido que había vencido a su huésped.

Lo siguió por varias calles de la ciudad y vio cómo mucha gente se quedaba asombrada, mirando la extraordinaria figura del llamado Caballero de la Blanca Luna, el que no hacía caso de nadie y marchaba muy tranquilo en su brioso caballo, hasta que finalmente entró en una posada.

Don Antonio Moreno se acercó y decidido a resolver ese misterio entró por la misma puerta. Se encontró con el caballero vencedor, que se había quitado el casco y se estaba despojando de su armadura. Era un traje pesado y se notaba que el hombre descansaba de llevar tanto metal encima.

—¿A quién busca, señor? —le preguntó al verlo.

—A usted, si no le molesta.

—No me molesta, pero ¿por qué me busca?

El señor Moreno le contó quién era él y le dijo que don Quijote estaba de visita en su casa, por lo que le había dado mucha curiosidad al haber visto ese combate, y quería saber quién era el hombre que había vencido a su huésped y por qué lo había hecho. El desconocido le mostró una gran sonrisa y mientras terminaba de quitarse la pesada armadura le dijo:

—Entiendo su curiosidad y le explicaré el motivo de mi proceder. Me llamo Sansón Carrasco y vivo en el mismo pueblo que Alonso Quijano, ahora más conocido como don Quijote de la Mancha. La locura de mi vecino nos preocupa a todos los que lo conocemos y estimamos. He pensado que quizás todas sus fantasías podrían desaparecer si se quedara en su casa, donde sus familiares que lo quieren lo cuidarían muy bien. Por eso decidí retarlo a duelo y vencerlo. Antes había fracasado una vez, pero ahora, gracias a un caballo mejor, lo he conseguido.

—Pero, ¿y si él se va de nuevo? —preguntó Antonio Moreno.

—Para eso le hice prometer que si lo vencía se quedaría todo un año en casa —respondió—. Creo que en ese tiempo podrá curarse y sé que el caballero don Quijote cumple siempre su palabra.

—Ha sido un buen plan. Lo felicito y ojalá esta derrota que hoy le duele sea la mejor medicina para mi amigo don Quijote.

—Veo que lo estima usted.

—Mucho. Es un hombre muy noble y, aunque enfermo por las caballerías, tiene el alma más sana que muchos de los que conozco.

—Tiene razón —dijo Sansón Carrasco. Estrechó la mano del otro y con algo de picardía le dijo—: Esperemos que no le haya hecho usted mucho daño al mundo al quitarle al loco más grandioso que existe.

El adiós de Don Quijote

Una semana estuvo don Quijote en cama, muy triste y quizás más enfermo del alma que del cuerpo. El haber sido vencido era un intenso dolor que no se iba.

Una y otra vez repasaba los hechos que habían terminado en su derrota, mientras el fiel Sancho trataba de consolarlo.

—Alce, mi amo, la cabeza y alégrese de que no se ha roto nada. Hemos tenido aventuras de las mejores y hemos triunfado contra muchos enemigos. Ya es hora de irnos a casa a descansar, y volver a ver a nuestras familias que nos esperan.

—Seré un caballero andante impedido por un año, Sancho. Como si estuviera un año enfermo y no pudiera moverme.

—La casa de uno tiene cosas buenas, señor. Piense usted que también yo pierdo mucho, porque al regresar se van mis esperanzas de llegar a ser conde o duque algún día, pero me conformo porque también quiero estar con mi mujer y dormir en mi cama.

—No te preocupes por eso, Sancho —le dijo don Quijote—, solo estaré un año encerrado y después volveré a mis aventuras y seguramente ganaré algún condado para ti.

—Dios lo oiga, que siempre he escuchado decir que la esperanza nunca muere —respondió Sancho.

El señor don Antonio Moreno y su esposa se ocuparon mucho de que don Quijote no se sintiera triste. La señora le hacía las más ricas comidas y don Antonio conversaba mucho con él y le traía a sus amigos, que hablaban de las hazañas del caballero de la Mancha y lograban fortalecer su orgullo y quitarle importancia a ese último lance que lo sacaría de la actividad propia de los hombres de la caballería andante.

Todos eran elogios para que don Quijote levantara su ánimo y no se dejara vencer por la tristeza. Una gran despedida, muy afectuosa, por parte de don Antonio Moreno, su familia y un grupo de personalidades de la ciudad, que ayudaron a mejorar el ánimo de los viajeros que se iban.

Aun así, don Quijote partió envuelto en sus pensamientos, seguido en silencio por Sancho, quien llevaba en su burro las armas del caballero.

Al otro día iban los dos marchando cuando escucharon un fuerte ruido que se acercaba a ellos. Don Quijote buscó su espada para defenderse, y muy asustado Sancho se puso atrás del burro.

El ruido era cada vez más fuerte y los dos hombres se preparaban para verse obligados a enfrentar una amenaza terrible, cuando subiendo la loma aparecieron los primeros "enemigos". Era una enorme cantidad de cerdos que llegaban a la carrera y que cayeron sobre ellos, arrollándolos y revolcándolos por el piso. Los hombres que empujaban a los cerdos pasaron gritando cerca de los caídos, pero ni se enteraron de lo que les había pasado.

—Solo eran unos cerdos —se alegró Sancho a pesar del atropello sufrido.

Al día siguiente vieron su pueblo, y aunque tenían nostalgias de andar por los caminos buscando aventuras, también se alegraban porque volverían con las familias y los amigos. Don Quijote se veía tranquilo, como si hubiera recuperado el buen juicio y dejado atrás las fantasías y Sancho saltaba de alegría pensando en el encuentro con su gente.

El cura y el barbero salieron a recibirlos. "Bienvenidos a su pueblo", les dijeron.

Teresa Panza y Sanchica se apuraron a salir a recibirlos, y don Quijote fue cariñosamente recibido por su sobrina y el ama de llaves.

—¡Mira cómo vienes, marido! —le decía Teresa a Sancho al verlo muy golpeado.

La vida entonces volvió a ser lo que antes era. Don Quijote recuperó la costumbre de ser Alonso Quijano y Sancho volvió a los trabajos del campo y no volvió a hablar de ninguna isla.

Lo que no impedía que de vez en cuando una chispa de melancolía cruzara por los ojos del amo y del criado.

Pasó el tiempo, Alonso Quijano ya era un señor de edad avanzada, había recuperado la razón, pero otras dolencias lo acechaban. Así fue que enfermó de una fiebre maligna que lo tuvo postrado en cama y no le permitió ya levantarse ni hacer otra cosa que verse consumir.

Rodeado de sus familiares y amigos más íntimos, hizo llamar al notario y redactó un testamento en el que recordó a toda la gente que lo quería y que estaba allí, a su lado. Todos rodeándolo, afligidos y cariñosos, conteniendo las lágrimas y esperando que llegara su despedida final. Sancho lloraba mucho y su amo le dijo:

—No llores, Sancho, que yo me voy tranquilo. Tú y yo hemos hecho cosas buenas, ¿verdad?

—¡No se vaya, señor! ¡Viva usted muchos años! Hay muchas aventuras que nos esperan y muchas injusticias que remediar.

Don Quijote sonrió, cerró los ojos y murió, muy tranquilo. Nadie lo olvidó ni lo olvidará.

Epílogo

Esta maravillosa historia que acabas de leer, además de ser muy divertida y regocijarnos con todas las aventuras que vive don Quijote y su fiel escudero, Sancho Panza, que se da cuenta de los delirios de su señor, nos deja muchas enseñanzas y mucho para pensar, tanto si eres adulto o un niño. Don Quijote padece una locura muy especial: la locura de buscar siempre la justicia, de hacer el bien, de proteger a los indefensos y castigar a los malvados y abusadores.

La genialidad del autor de este libro, Miguel de Cervantes, es dar a don Quijote una nobleza superior a la de la mayoría de la gente. Y nos hace pensar que esa locura del Quijote hace mucha falta en el mundo. Por eso el Quijote es un personaje inolvidable. Por eso nos alegra que lo hayas conocido y creemos que tampoco tú vas a olvidarlo.